IL CIUCO DI MELESECCHE

RENATO FUCINI
(NERI TANFUCIO)

— Povero me, povera la mia famiglia! — gridava singhiozzando Melesecche sul corpo allampanato del suo ciuco che giaceva stecchito attraverso alla stalla. — Che ho fatto io di male in questo mondo, — continuava Melesecche, — per essere perseguitato dalla sventura con tanto accanimento? Eccola lí quella bestia impagabile! Eccola lí la mia speranza, il mio sostegno, il pane per i miei disgraziati figliuoli! Un monte d'ossa e di pelle, senza movimento e senza calore! E Dio solo sa se per avvezzarlo bene avevo adoperato pazienza e fatiche. Trovatelo, se vi riesce, trovatelo un altro ciuco che si pigli di sotto gamba, come se le pigliava lui, some da slombare un manzo. Le bastonate pareva che fossero la sua consolazione; il sole dell'agosto se lo godeva come un rinfresco; i ghiacci dell'inverno lo riscaldavano tutto; la pioggia, la grandine e la neve s'era abituato a succhiarsele come una benedizione del cielo... E ora... in questi ultimi giorni, sul piú bello... quando gli avevo anche insegnato... — E qui Melesecche s'interruppe per abbandonarsi a uno scoppio di pianto disperato.

— Che v'era riuscito d'insegnargli in questi ultimi giorni, Melesecche? — gli domandò lo scortichino che era venuto per pigliare la pelle dell'asino.

— Lo avevo avvezzato a non aver piú bisogno di mangiare!

— Non mi burlate!

— No, no, non vi dico altro che la santa verità. Cominciai tre mesi addietro, per la festa di Sant'Antonio, a diminuirgli la sua razione e, giú giú, adagio adagio, l'avevo condotto... dove l'avevo condotto. Sissignore, ora che da tre giorni mi campava veramente bene senza piú sentire il bisogno del cibo... Sissignore! Quel destino infame che non ha voluto mai darmi un'ora di pace, gli salta addosso e me l'ammazza!

Lo scortichino che aveva già cominciato a cavare la pelle all'asino posò il coltello, alzò la testa, guardò in viso Melesecche, e:

— Il destino, il destino! — esclamò, fingendosi commosso. — Tanti tanti, ne ho conosciuti dei ciuchi, e tutti a cotesta maniera! Appena avvezzati a star senza mangiare, hanno fatto come fareste voi: dopo quattro giorni, alla piú lunga, sono morti!

LA REGINA DI CUORI

La Regina di cuori,

un bel giorno d'estate,

rinunziando, pel caldo, ad andar fuori,

restò in casa a impastar delle schiacciate.

Ma quel birbante del Fante di cuori,

senza curarsi punto dei calori,

senza pensare che s'era d'estate,

rubò quelle schiacciate.

Il Re di cuori fe' chiamare il Fante,

e lo trattò di ladro e di birbante;

e dalla rabbia, persa la ragione,

gli fracassò lo scettro sul groppone.

Il Fante, benché fossimo d'estate,

riportò, mogio mogio, le schiacciate;

e promise nel nome di Gesú

che non n'avrebbe mai rubate piú.

I DUE AMICI E L'ORSO

Due amici andavano insieme a diporto per una selva. Uno era buono e modesto; l'altro cattivo e vantatore sfacciato della propria generosità e del proprio coraggio.

— Mi vedrai al cimento, — diceva egli al compagno, sgranando due occhi da basilisco e facendo il mulinello con un gran bastone bernoccoluto, — mi vedrai al cimento, se avremo la fortuna che ci capiti il pericolo di qualche disgrazia.

E la fortuna del pericolo d'una disgrazia non si fece aspettare.

Videro, a un tratto, sbucare da una caverna un orso che pareva, Gesú ci liberi tutti, una montagna di pelo, di zampe, d'unghioni lunghi come coltelli da cucina e di zanne bianche come una tastiera di pianoforte. Mamma mia! E il male non era che essi avessero veduto l'orso, il peggio era che l'orso aveva visto loro e che veniva avanti a bocca spalancata, col proposito non dubbio di fare una scorpacciata di ragazzi crudi.

Il vantatore sfacciato che, fra le altre cose, si chiamava di nome Napoleone, fu lesto a rampicare in cima a un grosso albero. Cecco (quello buono e modesto si chiamava a questa maniera), Cecco, che non fu in tempo a mettersi in salvo, vistosi perso e ricordandosi che gli orsi non mangiano mai carne di cadaveri, si buttò in terra disteso, fingendosi morto. L'orso gli fu subito addosso e cominciò a scuoterlo con le zampe e a fiutarlo, ora nella bocca, ora nelle gote, ora negli orecchi. Ingannato dalla finzione di Cecco, che rimase immobile rattenendo il fiato, l'orso, dondolandosi scontento, se ne andò dopo poco per i fatti suoi. Passato il pericolo, l'amico che era sull'albero scese giú e domandò al compagno se l'orso, quando gli accostava il muso all'orecchio, gli avesse detto qualche cosa.

— Sí, — rispose Cecco, guardando uno sdrucio che Napoleone s'era fatto nei calzoni rampicando sull'albero, — mi ha detto che d'ora in poi io mi guardi bene dall'accompagnarmi con amici arditi e generosi come te.

LA CANZONE DA UN SOLDINO

«Canta, bambino, su, canta bambino;

poi ti darò un soldino...

Poi ti darò, se la canzone è bella,

un bel grappolo d'uva moscatella».

Erano ventiquattro ed eran merli;

ed il cuoco del Re, da cuoco esperto,

appena nelle man potette averli,

per cavarsi piú presto dall'impiccio,

senza ammazzarli,

senza pelarli,

senza sbuzzarli,

li cosse in un pasticcio.

Fin qui tutto va in regola; ma quando

il pasticcio fu aperto,

volaron via, cantando.

Non pare a voi, come pare anche a me,

degna pietanza questa per un Re?

Dopo pranzo quel Re ch'era un po' avaro,

si mise a riscontrare il suo denaro.

In quel tempo la sua sposa fedele

se n'andò giú nel proprio salottino

a mangiare un crostino

spalmato, a quanto dicesi, di miele.

La serva andò sul prato

a tendere il bucato.

Venne un merlo e, non so se a posta o a caso,

le portò via un pezzetto di naso.

Ma, per fortuna, un piccolo luí

glielo rimise al posto e lo cucí.

LA NOVELLA DEL CANE E DEL GATTO

Bisogna sapere che nei tempi antichi, e precisamente ai tempi del paradiso terrestre, tutti gli animali erano amici fra di loro come tanti fratelli. Non come tanti fratelli che conosco io, capaci soltanto a farsi dispetti dalla mattina alla sera; ma buoni fratelli come son sicuro che presto diventeranno quelli che conosco io.

A quei tempi, uno che fosse entrato in un bosco avrebbe visto lupi e agnelli andare a spasso insieme e far capriole sull'erba e rincorrersi e ridere come matti. Chi fosse montato sopra un tetto, avrebbe visto la civetta fare a mosca cieca coi passerotti, e per le case e per i campi avrebbe visto i gatti fare a rimpiattarello coi topi, e i cani fare a chi piú corre con le lepri, e le volpi giocare a rimpiattarello con le galline.

Questa gran concordia dipendeva dall'erba della quale tutti, a quei tempi, si nutrivano. Anche i leoni, anche le tigri e anche le jene non campavano che di lattuga, di spinaci e di cavolo verzotto, giacché, nel paradiso terrestre, tutta questa grazia di Dio ci vegetava come da noi la gramigna, senza che neanche un ortolano se ne occupasse. Nutrendosi di questo cibo leggero e rinfrescante, tutti erano meno rabbiosi e meno prepotenti, ed essendo la verzura cosí abbondante, non avevano occasione di leticarsela per cavarsi la fame.

Ma il giorno che furono costretti, come Adamo ed Eva, a voltare le spalle a quel vero paese della cuccagna, e quando venne a mancare tanta abbondanza di lattuga, di spinaci e di cavolo verzotto, le cose, da un momento all'altro, cambiarono in peggio, e ognuno fu obbligato a ingegnarsi come meglio poteva. Cosí ebbe fine per sempre quella bella pace, e tutti gli animali, meno pochi che si mantennero erbivori, incominciarono a mangiarsi l'uno con l'altro.

Il cane e il gatto, la mattina che uscirono insieme in cerca di qualche cosa da masticare, trovarono un topo. Il gatto agile come una molla, gli si avventò e lo prese; il cane dette a dosso al gatto per cavarglielo di bocca; il gatto si rivoltò al cane per non farsi rubare il topo, e il topo fu in tempo a entrare in un buco per salvarsi. Ne accadde una battaglia tremenda dalla quale i due litiganti uscirono indolenziti e spelacchiati, perdendo sangue da tutte le parti. Da quel giorno non si sono mai rimpaciati e tutte le volte che s'incontrano son graffi e morsi e berci e corse e svoltoloni come quella mattina del topo.

Dio voglia, bambini, che tra voi non accada mai, per un cartoccio di caramelle o per un panetto di cioccolata, quello che accadde per un topo fra cane e gatto.

FATTO ORRIBILE

d'un cane che morde un uomo

e d'un uomo che è morso da un cane

Fermatevi, ascoltate, o buona gente;

vi canterò la canzonetta mia.

Se sarà corta, non v'è mal di niente:

il tempo mai non va buttato via.

Vivea dentro Calcutta un buon cristiano

del qual parlava tutta la città;

e si diceva ch'egli avea la mano

sempre occupata a far la carità.

Pregava spesso ed, invocando i Numi,

pace chiedea per tutti, a cuore schietto.

E, giunta l'ora di spegnere i lumi,

si spogliava contento e andava a letto.

Poi, la mattina, si vestiva; e quando

s'era vestito, si ficcava in mente

d'aver vestito un altro, e, gongolando,

pensava al gongolar di quel pezzente.

Dunque dicevo o, per dir meglio, dico:

v'era in città, fra tanti cani, un cane

che di quell'uomo s'era fatto amico

per le sue carità d'ossi e di pane.

Ma un giorno (come andasse non lo so)

questo cane arrabbiò.

Ed incontrato il suo benefattore

(uh, che orrore, che orrore; uh, che mondaccio!),

gli s'avventò, lo morse e gli strappò

mezzo chilo di ciccia da un polpaccio.

Alle sue grida accorsero i vicini:

uomini, donne, bambine e bambini;

e disser tutti e perfino il curato:

«Quel cane lí dev'essere arrabbiato!

È certa, altri motivi non ci sono

per dare un morso a un uomo tanto buono!»

Vista la gran ferita sanguinosa,

ognun la giudicò pericolosa.

E mentre lo fasciavano e pensavano

che quel canaccio era di certo idrofobo,

dissero tutti, e l'affermò anche il medico,

che, senza dubbio, dentro un tempo corto,

l'uomo sarebbe morto.

Sapete un po'? Dentro due settimane,

l'uomo era vivo, ed era morto il cane!

— Quello che piú importa, figliuolini miei... Lei si pulisca subito il becco, porcellone! Lei ha beccato qualche porcheria! Guardi come l'ha sudicio! Vergogna!...

La chioccia s'era interrotta per correggere il piú indisciplinato dei suoi pulcini. Rimase qualche momento a guardarlo, minacciosa e a ciuffo ritto, poi riprese il suo discorso.

— Quello che piú importa è che siate buoni e obbedienti. Alla vostra difesa ci penso io. Quando mi sentirete fare chiò chiò sarà segno che ho veduto il falco. Io aprirò allora le ali, voi correrete subito tutti a ripararvici sotto, e non perdete tempo. Anche se avrete trovato una spiga di grano, dell'ova di formiche, una ciocca d'uva da piluccare, un grillo, un baco o qualunque altro boccone ghiotto, piantate lí ogni cosa e fate come vi ho detto, se no son dolori. Ora smettete di bisticciarvi, e andiamo a passeggiare per i campi.

Cosí parlava ai suoi pulcini una vecchia chioccia la quale, dal gran ciuffo che aveva, pareva che, per divertire i suoi piccini, si fosse messa in capo un cappello da bersaglieri. A guardare quella mamma impettita e brontolona per amore e quel gruppetto di monelli saltare, rincorrersi e ruzzolare spensierati fra l'erba, si sentiva nel cuore un solletico di indicibile tenerezza. Ma siccome non ci deve essere mai un'ora di bene, ecco che comparisce lontano nell'aria un falco cosí smisurato che i pulcini, prendendolo per un ombrello aperto, lo guardavano sbellicandosi dalle risa.

Il falco, come tutti i traditori, mostrava di andarsene tranquillo per i fatti suoi; invece, roteando con astuzia per l'aria, si avvicinava rapido verso il punto dove erano i pulcini a pascolare. La chioccia che capí alla prima di che cosa si trattava, mandò subito il grido di sicurezza, e tutti, meno due smemorati che erano in un solco a fare tira tira con una povera cavalletta, corsero spauriti sotto le sue ali.

Il falco arriva, si tuffa rapido come una saetta, sfiora appena il terreno e riprende il largo per l'aria, stringendosi fra gli artigli i due miseri pulcini che erano stati sordi al grido della madre.

Passato il pericolo, gli altri che, dal loro nascondiglio, non avevano visto né saputo nulla dell'accaduto, ritornarono lieti alla pastura. La loro povera madre guardava piangendo nel cielo, dalla parte dove il falco era sparito veloce come il vento.

I TRE ALLEGRI CACCIATORI

Io narro di tre allegri cacciatori

che armati di trombone e di bisaccia,

una mattina insieme usciron fuori

per andarsene a caccia.

E strombettando e urlando se n'andavano

e, andando, strombettavano ed urlavano.

Ed ecco quel che accadde. Mentre andavano

e, andando, strombettavano ed urlavano,

l'un dette all'altro questo avvertimento:

«Dritto con gli occhi, e metti il naso al vento.

Se guardando e annusando andremo avanti,

prede farem sicure ed abbondanti».

E strombettando e urlando se n'andavano,

e, andando, strombettavano ed urlavano.

Ed ecco che ad un tratto si trovarono

dinanzi a uno spauracchio. Ed uno disse

ch'era uno spauracchio; e l'altro: «No!

Se non m'inganno — disse — è un Mandarino

che va a piedi a Pechino».

E strombettando e urlando se n'andavano,

e, andando, strombettavano ed urlavano.

Ed ecco, a un tratto, in un campo, s'imbattono

in una grossa macina da grano.

La guardano, l'annusano, la battono

e, prudenti, la tastan colla mano.

Ed un di loro dice, pian pianino:

«Quella, per me, è una pietra da mulino».

E un altro dice: «No! io l'ho tastata...

Sentite qui, annusatemi la mano...

È una forma di cacio parmigiano

pietrificata».

E strombettando e urlando se n'andavano,

e, andando, strombettavano ed urlavano.

E che cosa trovarono? Un vitello

di pel bianco pezzato.

E quando bene ben l'ebber guardato,

un di loro osservò: «Quello è un vitello

di pel bianco pezzato».

E un altro disse: «No! caro compare.

Quello è un ciuchetto che, da poco nato,

non sa ancora ragliare».

E strombettando andavano ed urlavano

e, urlando, strombettavano ed andavano.

E che cosa trovaron? Sei bambini.

Dopo averli osservati attentamente,

un di loro esclamò:

« Se io dovessi dir, sicuramente

direi che quelli lí son sei bambini».

E un altro disse: «No!

non son bambini; e, se vuoi, si scommette.

Ma, dato il caso, non son sei, son sette! »

E urlando e strombettando se n'andavano,

e, andando, strombettavano ed urlavano.

E strombettando e urlando, che trovarono?

Un porco sorridente, bianco e grasso

 che parea l'invitasse a fare il chiasso.

Allora un cacciator ch'era il piú scaltro,

disse pronto, voltandosi ad un altro:

«Quello, se non m'inganno, è un porco grasso

che ride, è bianco e che vuol fare il chiasso».

«No! — disse l'altro. — No! Quello è un dottore

che di certo ha la gotta o il mal di cuore».

E strombettando e urlando se n'andavano,

e, urlando, strombettavano ed andavano.

E videro, nel mezzo a certi prati,

una coppia gentil d'innamorati.

Disse un di lor: «Quei due laggiú nei prati,

son due di certo e sono innamorati».

Osservò l'altro: «No! sono due pazzi...

Che Dio li assista, poveri ragazzi! »

E strombettando e urlando se n'andavano,

e, nell'andare strombettando, urlavano.

Con la bisaccia scussa e a pancia vuota,

sudati e pieni di schizzi di mota,

vedendo il sole ormai verso il tramonto,

disser: «Cacciar di piú non mette conto».

Tornati, a casa, tutti: «Com'è andata? »

«S'è passato una gran bella giornata! »

Non bisogna mai sgomentarsi davanti alle difficoltà, ma non bisogna neanche pretendere d'esser falchi quando siamo nati galline. Il mettersi in testa d'esser buoni a far tutto è da sciocchi, come è da poltroni il mettersi in testa di non esser buoni a far nulla.

E a proposito di falchi e di galline, mi ricordo d'una storiella che cantava un cieco sulle cantonate, accompagnandosi con la chitarra:

C'era una volta un falco di cent'anni

che aveva il covo in cima a un campanile...

E la storia continua in versi, con una rima in anni, un'altra in ile, e finalmente con due rime in ere per chiudere la sestina. Ma siccome non l'ho bene nella memoria, sarà meglio raccontarla in prosa e buona notte.

C'era, dunque, questo falco che tutte le mattine, per guadagnarsi onoratamente da vivere, spiccava il volo dal suo campanile e si metteva, per delle ore, a girare in tondo nell'aria, tenendo fissi alla terra gli occhi acutissimi per guardare se scopriva una lucertola, una serpe o qualche povero uccellino da mangiare.

In un pollaio lí vicino le galline facevano un gran ragionare di questo falco. La rapidità, la leggerezza e specialmente la resistenza del suo volo senza rumore e senza che mai apparisse stanco, empivano di maraviglia e d'invidia quelle stupide bestiole le quali, benché provviste come lui degli arnesi per volare, possono a stento sollevarsi quattro palmi appena sopra il terreno. Chi ne diceva una, chi ne diceva un'altra, ma nessuna sapeva trovare la ragione di tanta differenza tra loro e quel birbante di falco.

— Ora vi dimostrerò io come stanno le cose! — crocchiò una gallina bigia di cima al campanile, dove era montata avendo trovato aperto l'uscio delle scale. — Ora vi dimostrerò io in che consiste la gran bravura del falco. Bella forza a fare i bravacci volando di quassú! Lo vorrei vedere quel brutto rapinoso, lo vorrei vedere che cosa saprebbe fare quel mangiatutti sornione, se fosse obbligato a spiccare il volo, invece che di quassú, dal fondo d'un pollaio o dallo sterrato d'un cortile! Attente perché ora piglio lo slancio verso il cielo. Volete nulla? avete commissioni da darmi per quelle nuvole bianche che passano lassú alte alte?... Uno! due! e tre!...

Precipitando per l'aria a svoltoloni come un pallone sgonfiato e schiamazzando disperata, venne di sotto sbacchiando prima in un cornicione del campanile, poi sui rami d'un fico, e finalmente sopra un monte di paglia che doveva essere stato messo lí dalla provvidenza. Le sue compagne corsero spaventate da lei e la trovarono che boccheggiava mezza svenuta, e si dibatteva e stralunava gli occhi accennando a un grande indolimento in tutti gli ossi e specialmente in quello del petto, che usciva fuori dalla carne ammaccato e sanguinante.

Il falco, rotando tranquillo in mezzo alle nuvole, guardava ridendo il branco delle galline che si affaccendavano intorno alla loro compagna, empiendola di fasce, di cannucce, di cerotti e di cotone fenicato.

LA CASA DI BASTIANO

Questa è la casa fatta da Bastiano.

Questa è la talpa che ha mangiato il grano

che era nella casa di Bastiano.

E questo è il gatto che mangiò la talpa

la quale avea mangiato tutto il grano

che trovò nella casa di Bastiano.

E questo è il cane che noiava il gatto,

quel bravo gatto che mangiò la talpa

la quale avea mangiato tutto il grano

che trovò nella casa di Bastiano.

Questa è la vacca con un corno torto

che, a cornate, ridusse quasi morto

quel brutto cane che noiava il gatto,

quel bravo gatto che mangiò la talpa

la quale avea mangiato tutto il grano

che trovò nella casa di Bastiano.

E questa è la ragazza desolata

che mungeva la sua vacca scornata

che, col suo corno torto,

quasi ridusse morto

quel brutto cane che noiava il gatto,

quel bravo gatto che mangiò la talpa

la quale avea mangiato tutto il grano

che trovò nella casa di Bastiano.

E questo è l'uom dalla giubba strappata,

che baciò la ragazza desolata

che mungeva la sua vacca scornata

che, col suo corno torto,

quasi ridusse morto

quel brutto cane che noiava il gatto,

quel bravo gatto che mangiò la talpa

la quale avea mangiato tutto il grano

che trovò nella casa di Bastiano.

Questo è quel prete rasato e tosato

che ammogliò l'uomo tutto strapanato

che baciò la ragazza desolata

che mungeva la sua vacca scornata

che, col suo corno torto,

quasi ridusse morto

quel brutto cane che noiava il gatto,

quel bravo gatto che mangiò la talpa

la quale avea mangiato tutto il grano

che trovò nella casa di Bastiano.

Questo è quel gallo che, cantando all'alba,

svegliò quel prete rasato e tosato

che ammogliò l'uomo tutto strapanato

che baciò la ragazza desolata

che mungeva la sua vacca scornata

che, col suo corno torto,

quasi ridusse morto

quel brutto cane che noiava il gatto,

quel bravo gatto che mangiò la talpa

la quale avea mangiato tutto il grano

che trovò nella casa di Bastiano.

Questo villano che semina il grano

è quel villano che mangiò quel gallo

che svegliò il prete rasato e tosato

che ammogliò l'uomo tutto strapanato

che baciò la ragazza desolata

che mungeva la sua vacca scornata

che, col suo corno torto,

quasi ridusse morto

quel brutto cane che noiava il gatto,

quel bravo gatto che mangiò la talpa

la quale avea mangiato tutto il grano

che trovò nella casa di Bastiano.

I Faraoni?!... chi? quei tirannacci feroci che anticamente regnavano nell'Egitto?... Quelli, caro mio, erano certi arnesi che a vederseli rigirare d'intorno c'era da sentirsi puzzar di morto prima che arrivasse il becchino. I Faraoni?! I Faraoni a ammazzare per un capriccio una, dieci, mille persone, ci pensavano come tu penseresti a mangiare una, dieci, mille ciliege lustrine, e forse meno. Di nulla nulla: Zà! e ti vedevi ruzzolare la testa per la terra come un popone senza gambo. Volevano provare se l'arrotino aveva assottigliato bene il filo della scimitarra?... Ziff! uno sdrucio nella pancia da passarci un contadino coll'ombrello aperto. Postacci, tempacci e gentaccia che, se arrivavi a buio senza esser morto, bisognava dire che proprio avevi avuto un santo dalla tua.

Un giorno uno di cotesti smargiassi aveva condannato a morte il figliuolo del suo primo ministro perché, parlando di polli in fricassea, il giovane imprudente gli aveva detto che a lui gli ci piaceva poco l'agro di limone. Appena sparsasi la triste notizia, fu una processione continua al palazzo imperiale per chiedere grazia allo sdegnato monarca. Rappresentanze dell'esercito, della magistratura e del clero, presidenti di tutte le associazioni, sindaci di tutti i comuni, prefetti di tutte le province, ciechi, orfani, sordomuti e perfino gli ammalati di tutti gli spedali corsero a inginocchiarsi e a battersi il petto davanti a quell'energumeno perché revocasse il crudele decreto. — Sta bene! — disse il Faraone, piú che intenerito da tante preghiere, spaventato dal pericolo di qualche sommossa popolare. — Sta bene! Quello scellerato avrà salva la vita, ma a patto che egli sappia rispondermi con precisione a queste tre domande: «Quanti sono i chicchi di rena sparsi su tutte le spiagge del mare? Quante sono le stelle che brillano nel cielo? Quante sono le gocciole d'acqua che si trovano nei fiumi, nei laghi e negli oceani del globo? »

Il disgraziato giovane, il quale era un bravo matematico e un uomo di spirito, non si perse d'animo, e disse che avrebbe risposto subito. E nel momento stesso, carico di catene peggio d'una bestia feroce, fu condotto davanti al Faraone al quale cosí rispose:

— I chicchi di rena che si trovano sparsi sulle spiagge del mare sono quattrocento miliardi di trilioni, cinquemilaottantaquattro bilioni, novecentodieci milioni, trecentonovantasettemila e ventisei precisi, piú quei pochi che si trovano nelle case degli uomini, dentro le ciotole, per dare il polverino alle lettere. Le stelle del cielo, eccole qui, leggete questo numero che io garantisco esatto.

E sciorinò davanti al tiranno una striscia di papiro dove era scritto in cifre chiarissime un numero lungo ventiquattro metri e diciassette centimetri e mezzo.

— Le gocciole d'acqua del mare, dei laghi e dei fiumi sono il doppio preciso delle stelle del cielo.

Il Faraone badava a grattarsi la zucca e brontolava stralunando gli occhi, perché capí subito che s'era messo in un imbroglio e che l'amico lo canzonava fine fine.

— Ebbene, — esclamò finalmente, dando una gran botta a mano aperta sulla tavola, — come fai tu a provarmi la verità di quanto asserisci?

— Nulla di piú facile, — rispose il giovine umilmente. — Vostra Maestà potentissima non deve fare altro che contare o far contare da persone di sua fiducia tutti i chicchi di rena delle spiagge, tutte le stelle del cielo, e tutte le gocce d'acqua che si trovano negli oceani, nei fiumi e nei laghi della Terra. Se avrò sbagliato, pagherò con la mia vita; se avrò detto il vero mi permetterà la Vostra Maestà di chiederle un piccolo premio per le mie fatiche e per le pene che ho sofferto fino ad oggi.

Il Faraone si ritirò nelle sue stanze, fece le viste di verificare i conteggi del giovane e, dopo otto giorni, fattolo nuovamente condurre alla sua presenza, gli disse, rivolgendogli vivaci rallegramenti, che i suoi calcoli stavano bene e, lusingandosi di vincere col suo spirito lo spirito del giovane, gli aggiunse di essere disposto a concedergli il premio domandato, purché si trattasse di cosa modesta.

— Una piccolezza! — rispose il giovane. — Io mi contento di un poco di grano per quei famosi polli da cucinarsi, quando saranno a tiro, in fricassea e sui quali, d'ora in avanti, mi farò un dovere di metter l'agro di limone...

— Bravo, bravo giovanotto! — esclamò il Faraone, contento di poterne escir liscio a quella maniera. — Bravo giovanotto! — e stendendogli la destra: — E... di questo grano, quanto te ne bisogna?

— Ve l'ho detto, Maestà, una piccolezza. Vostra Maestà ne metta un chicco sul primo quadrato di quella scacchiera — e ne accennò una, intarsiata d'ebano e di madreperla, posata lí vicina su una tavola di cristallo di rocca —, raddoppi fino in fondo per i sessantaquattro quadrati della scacchiera stessa, e io sarò piú che contento se la Maestà Vostra vorrà regalarmi quel monticello di grano che troverà sull'ultimo quadrato.

Il Faraone dette in una gran risata, lodando la modestia di quella domanda. Ma la risata gli rientrò in gola a precipizio quando, fatta la prova, si accorse che tutto il grano del suo vasto impero non sarebbe bastato a saldare il debito con quell'arcifanfano di giovanotto.

E quell'arcifanfano di giovanotto non ebbe il grano; ma diventò consigliere, diventò ministro, diventò padrone del suo padrone, il quale si innamorò talmente del suo ingegno e del suo spirito che ricorreva sempre ai suoi consigli in ogni grave momento, sia per disegnare un piano complicato di guerra come per preparare i peperoni sotto l'aceto o la polvere insetticida per ammazzare le cimici nella camera degli ambasciatori.

IL GARZONE DEL CONTADINO

Quand'ero contadino

o, piuttosto, garzon d'un contadino,

io, da onesto garzone,

io badavo i cavalli del padrone.

E, dall'alba al meriggio: ih! oh! ah!

e, dal meriggio a sera: iop! iup! là!

Quando la luna illumina la via,

come è dolce cantar!

Vuoi tu venir, bella fanciulla mia,

sulle rive del fiume a passeggiar?

Quand'ero contadino,

o, piuttosto, garzon d'un contadino,

io, da onesto garzone,

io guardavo le pecore al padrone.

E a tutte l'ore era dintorno a me

un'orchestra incessante di bèe, bèe.

E ih! e oh! e ah!

e iop! e iup! e là!

Quando la luna illumina la via,

come è dolce cantar!

Vuoi tu venir, bella fanciulla mia,

sulle rive del fiume a passeggiar?

Quand'ero contadino,

o, piuttosto, garzon d'un contadino,

io, da onesto garzone,

io sorvegliavo i polli al mio padrone.

E allo spuntar del dí: chicchirichí.

E, al tramontar del sole: coccodè.

E ih! e oh! e ah!

e iop! e iup! e là!

E, a tutte l'ore era dintorno a me

un'orchestra incessante di bèe, bèe,

chicchirichí, cocco-codè.

Quando la luna illumina la via,

come è dolce cantar!

Vuoi tu venir, bella fanciulla mia,

sulle rive del fiume a passeggiar?

Quand'ero contadino,

o, piuttosto, garzon d'un contadino,

io, da onesto garzone,

io badavo i maiali del padrone.

E, tutto il giorno, intorno, qui e lassú

era un continuo coro di gru, gru.

E ih! e oh! e ah!

e iop! e iup! e là!

E tutto il giorno era dintorno a me

un'orchestra incessante di bèe, bèe,

chicchirichí, cocco-codè,

grugrú, grugrú, grugrú.

Quando la luna illumina la via,
come è dolce cantar!
Vuoi tu venir, bella fanciulla mia,
sulle rive del fiume a passeggiar?

Quand'ero contadino,
o, piuttosto, garzon d'un contadino,
io, da onesto garzone,
io governavo l'anatre al padrone.

E sui fossi, all'asciutto, qua e là
era un gridar continuo: qua, qua, qua.
E ih! e oh! e ah!
e iop! e iup! e là!

E a tutte l'ore era dintorno a me
un'orchestra incessante di bèe, bèe,
chicchirichí, cocco-codè,
grugrú, grugrú, grugrú,
quacquà, quacquà, quacquà.

Quando la luna illumina la via,
come è dolce cantar!
Vuoi tu venir, bella fanciulla mia,
sulle rive del fiume a passeggiar?

Quand'ero contadino,
o, piuttosto, garzon d'un contadino,
io, da onesto garzone,

io guardavo i bambini del padrone.

E senza requie mai, senza pietà,
tutto il giorno e la notte: uhè, uhà!
E ih! e oh! e ah!
e iop! e iup! e là!

E a tutte l'ore era dintorno a me
un'orchestra incessante di bèe, bèe,
chicchirichí, cocco-codè,
grugrú, grugrú, grugrú;
quacquà, quacquà, quacquà,
uhè, uhà, uhè!

Quando la luna illumina la via,
come è dolce cantar!
Vuoi tu venir, bella faciulla mia,
sulle rive del fiume a passeggiar?

Quand'ero contadino,
o, piuttosto, garzon d'un contadino,
io, da onesto garzone,
io guardavo i tacchini al mio padrone.

E finché un lupo non se li mangiò,
era tutto un glu glu, tutto un glo glo!
E ih! e oh! e ah!
e iop! e iup! e là!

E a tutte l'ore era dintorno a me
un'orchestra incessante di bèe, bèe,

chicchirichí, cocco-codè,
grugrú, grugrú, grugrú,
quacquà, quacquà, quacquà,
uhè, uhà, uhè!
gluglú, gloglò, gluglú.

Quando la luna illumina la via,
come è dolce cantar!
Vuoi tu venir, bella fanciulla mia,
sulle rive del fiume a passeggiar?

LA CIVETTA

Una magnifica sera di giugno, il signor Luigi e i suoi tre figlioletti stavano insieme seduti a frescheggiare sul prato della villa. Il sole era presso al tramonto e il signor Luigi si compiaceva della impressione che quel superbo spettacolo faceva nelle giovani menti dei suoi piccini. Era un cicaleggio lieto ed animato e un continuo invitarsi fra loro, ora a guardare il giallo dorato dell'orizzonte, ora la delicata sfumatura con la quale il cielo passava da quel giallo infuocato al celeste puro, e il violetto dei poggi di faccia, e il roseo di quelli a tergo e le loro cime e il luccichío della prima stella della sera che brillava già tra i luminosi vapori del crepuscolo. E il signor Luigi era dolcemente commosso dall'entusiasmo dei suoi figliolini perché egli aveva la convinzione che, quando il core d'un giovinetto è capace di esaltarsi dinanzi ai grandi spettacoli della natura, ha dato già un segno manifesto di esser preparato ad accogliere tutto quello che per gli uomini vi è di bello, di grande e di onesto, ed a rigettare tutto quello che vi è di gretto, di turpe e di vizioso. A distrarre la loro attenzione si sentí partire di sul tetto della villa uno strido acuto.

— La civetta, la civetta! — gridò subito il minore di quei ragazzetti; e chetandosi subito e facendosi anche un po' pallido, si accostò al piú vicino e si rannicchiò accanto a lui guardando spaurito sul tetto. I suoi fratellini non dettero segni di paura cosí manifesti, ma si chetarono anch'essi e, dimenticato il bel tramonto, guardavano attoniti la cima d'un camino sul quale la civetta era andata a posarsi.

Il babbo, che si accorse della impressione sinistra che la vista di quell'animale aveva prodotto su i suoi figlioli, volle subito dissiparla.

— Beppuccio, — disse il signor Luigi rivolgendosi al suo figlio minore, — quella povera bestia lassú ti ha messo paura... non mi dir bugie.

Beppuccio fece il viso rosso e accennò col capo di sí.

— Ebbene: tu sei un grullerello, e te lo voglio dimostrare.

In quel momento la civetta, dopo un paio di riverenze, incominciò a squittire: qui qui, tutto mio, tutto mio. I ragazzi si rivolsero spauriti a guardare a bocca spalancata la civetta, e il signor Luigi dette in una larga risata, in fondo alla quale prendendosi fra le braccia Beppuccio, incominciò a dire:

— Vedete, ragazzi miei, non c'è dubbio che la Natura non ha favorito di un bel canto quel povero animaluccio. Sentito specialmente nella notte, è vero, produce quel senso di tristezza che gli ha fruttato il nome di uccello del cattivo augurio. Ma una tristezza uguale non vi viene forse nella notte dall'abbaio dei cani lontani? dal monotono rumore della pioggia? dal mugolio del vento attraverso agli usci e per le soffitte? Eppure i cani ci guardano dai ladri, la pioggia feconda i nostri campi e il vento, quando non è troppo impetuoso, è sempre benefico; e nessuno ha mai pensato che i cani che abbaiano, che la pioggia che cade e il vento che soffia ci abbiano a portare il cattivo augurio. Alla povera civetta è toccata questa sorte e ne è meritevole quanto quell'usignolo che sentite ora cantare nel boschetto, quanto quel piccione che tuba sulla torre della colombaia o quanto quella vispa capinera che tutte le sere viene a cantare sulla siepe dell'orto prima di addormentarsi.

Le fisonomie di quei bambini cominciarono a rasserenarsi ed a guardare con occhio meno pauroso i lazzi buffoneschi che la civetta faceva sul pentolino della torretta. Anzi, dopo poche altre parole dette loro dal babbo in vantaggio del calunniato animale, incominciarono a vergognarsi dei loro puerili sospetti e a ridersela allegramente delle rispettosissime riverenze che faceva e delle ridicole vociacce che mandava la civetta.

Ma dalla indifferenza e dal riso passarono presto a sentire anche gran simpatia per quella povera bestia, quando la civetta, dopo essersi tuffata con le sue ali rapide e silenziose sul tetto di una capanna vicina, ne ritornò in su con qualche cosa in becco che Beppuccio coi suoi occhi acuti riconobbe essere un topo.

— Ora se lo mangia! babbo, ora se lo mangia!

— Vedrai che non lo mangerà, — osservò il babbo, — ma lo porterà ai suoi civettuoli che avranno il nido lassú sotto i tegoli.

Infatti la civetta entrò con la preda sotto una fila di tegoli, e poco dopo ricomparve, senza aver piú il topo in becco, sulla punta del camino a fare i suoi soliti lazzi originali.

I bambini tutti, ma Beppuccio piú degli altri, erano diventati bollenti ammiratori della civetta. E come un quarto d'ora fa l'avrebbero vista volentieri ammazzare, ora erano tutti impazienti di poter fare qualche cosa in vantaggio di lei e dei suoi piccini.

— Gli si cerca un topo? o il pane lo mangia? gli si chiappa una lucertola? — Cosí si domandavano fra loro i bambini e la chiamavano, e le facevano riverenze alle quali essa rispondeva con squisita cortesia, quando si udí uno scoppio di fucile dietro alla villa e nello stesso istante la povera civetta ruzzolò giú morta sul tetto.

— Ah! poverina! Ah! birbanti! Ah! chi è stato? chi è stato? — E corsero tutti, e il babbo con loro, dietro casa dove trovarono Bistone, un monellaccio di contadino sui dodici anni, che tutto contento ballonzolava gridando: — E l'ha avuta! e l'ha avuta!

Ma il signor Luigi lo fece presto chetare con una paternale cosí severa e insieme cosí affettuosa che Bistone se n'andò via confuso e forse pentito del malfatto, mentre i ragazzi lo guardavano con disprezzo dicendosi fra loro che non avrebbero mai piú potuto patire quel brutto, quel cattivo, quel birbone, quel ragazzaccio senza core.

Quindici giorni dopo l'accaduto, Bistone venne alla porta della villa a cercare dei padroncini. Essi comparvero a domandargli che cosa voleva. Lui senza dir nulla sollevò il coperchio di un paniere che teneva in mano e cavò fuori e buttò all'aria uno dopo l'altro quattro civettuoli che un po' incerti da prima, ma poi franchi e sicuri, levarono allegramente il volo alla campagna. Bistone, commosso dalle parole del signor Luigi e addolorato d'aver fatto dispiacere ai suoi padroncini, nella notte, dopo avere ammazzata la civetta, era montato sul tetto, aveva preso i civettuoli, li aveva allevati finché non furono volatoi ed era venuto a dar loro la libertà davanti ai suoi padroncini perché lo perdonassero.

Il signor Luigi, comparso sulla porta, dopo essere stato qualche momento a contemplare la scena, ebbe a richiamare alla calma i suoi figlioli i quali, nella loro giovanile espansione, eran saltati addosso a Bistone e gli facevano anche male a forza d'abbracci, di baci e di strizzoni.

E ora Bistone è il loro confidente e il loro amico piú caro. Vanno sempre insieme per la campagna, corrono, saltano, si divertono e quando vedono una civetta sul comignolo del tetto la salutano, la chiamano con cento nomi burleschi e allorché la sentono gridare tutto mio, tutto mio: — Sissignora! Sissignora! — strillano in coro di sul prato —, tutto suo, tutto suo! — e ne fanno le piú sonore e grasse risate.

I BAMBINI NEL BOSCO

O babbi, o mamme, state ad ascoltare
la storia triste che racconterò;
e se incomincerete a lacrimare,
sei fazzoletti vi regalerò.

Dunque state a sentir. Negli anni scorsi
un gran signor vivea presso Corfú.
Molti i fatti di lui, pochi i discorsi,
onesto, poi, da non poter di piú.

Era malato e già vicino a morte,
senza speranza di poter guarire;
accanto a lui giacea la sua consorte
malata anch'essa e lí lí per morire.

Si amavano tra lor teneramente
e, come l'un per l'altro avean vissuto,
voller morire insieme. Solamente,
dicon che lui morí prima un minuto.

E nel morire (ahi, mi si spezza il core!),
e nel morir lasciaron due bambini :
lei, la bambina, bella come un fiore,
lui da sbagliarsi accanto ai cherubini.

Ma quel buon padre, nel suo testamento
(e questo è invero cosa che consola),
al figliuolo lasciò lire trecento,
e cinquecento circa alla figliuola.

E, prima di morire, a un suo parente
avea detto parole cosí belle
che, Dio guardi, a fissarci un po' la mente,
c'è da versare il pianto a catinelle.

Gli avea detto cosí: «Caro cugino,
tu sarai padre, zio; tu sarai tutto
per la bambina mia, pel mio bambino
che lascio soli in questo mondo brutto».

Quindi parlò la madre: «O buon Pancrazio,
vedi? avrò da campar pochi momenti;
ma, col cuor lacerato dallo strazio,
ti raccomando anch'io quest'innocenti.

Guardali dai barrocci e dalle fosse,
e da ogni rischio in cui possan trovarsi...»
Ma qui fu presa da un nodo di tosse,
misera madre! e le toccò a chetarsi.

Appena morti i due miseri vecchi,
il buon Pancrazio dette a quei bambini,
per consolarli, quattro fichi secchi,
poi li menò a mangiar due pasticcini.

Durò un pezzo con ninnoli e carezze,
ma quando fu passato un anno e un giorno,
per appropriarsi le loro ricchezze,
macchinò di levarseli di torno.

E, per farlo, chiamò due manigoldi,

dal cuor di sasso e dall'aspetto losco,

che fissaron con lui, per pochi soldi,

di portar quei bambini in fondo a un bosco.

E, con la scusa di condurli a spasso,

fece venir sellati due destrieri

sui quali, con gran strilli e gran fracasso,

montaron quei graziosi cavalieri.

E «Via, cavalli, via! », sempre in carriera,

lieti per la campagna ampia e fiorita,

senza pensar che quella corsa ell'era

verso il finir della lor fresca vita!

A tanta festa, a tanti allegri canti,

quei due figuri che gli aveano in sella,

si sentivan calar, benché birbanti,

un gran rimorso in fondo alle budella.

Ma il piú birbone, il piú tristo e feroce

che avea peloso il cuor peggio d'un orso,

non dette ascolto a quella santa voce

e, pel guadagno, rintuzzò il rimorso.

Tanto che l'altro, assai di lui migliore,

visto dei suoi discorsi il poco effetto,

lo minacciò, quindi si fece cuore

e si levò di tasca uno stiletto.

Aspro e tremendo fu il combattimento;

ma presto e bene fu tirato in fondo:

il piú buono restò vivo e contento,

il piú cattivo andò nell'altro mondo.

V'immaginate voi, quei due fanciulli?!

All'orribile scena eran restati

fermi tra l'erba come due citrulli,

a bocca aperta e ad occhi spalancati.

Fatta la festa, quel birbante buono

prese per mano i due cari angioletti;

pianse, li accarezzò, chiese perdono

e si cavò di tasca due confetti.

Poi disse loro: «Ora venite via;

fidatevi di me, miei piccirilli.

Ma, Dio guardi se urlate: "Mamma mia! "

Dio guardi se mettete degli strilli».

E li menò con sé. Ma a notte fitta,

vedendo lui che si succhiava un dito,

e lei che sbadigliava zitta zitta,

s'immaginò che avessero appetito.

Allora, lui, che fa? Dice: «Sedete;

aspettatemi qui, vado e ritorno.

Lo vedo bene, avete fame e sete...

Sarò da voi prima che spunti il giorno».

Montò a cavallo, e via!... Ma aspetta, aspetta,

le lodole cantarono all'aurora,

a un'altra notte cantò la civetta;

e il buon birbante non tornava ancora!

Qua e là correano ansanti e desolati,

con lo spavento della morte in core;

i pallidi visini avean graffiati,

e le labbruzze tinte dalle more.

Ma son cessate, ahimè, pene e lamenti!

Presso un ciuffo di rovi addolorati,

giacciono accanto due visini spenti,

dalla luna che passa illuminati.

«E, dunque, han da restare anche insepolti? »,

gridan le querci della selva scura.

Ed ecco, soli, a coppie, a branchi folti,

pettirossi sbucar dalla verzura,

che, lacrimando dai bruni occhiolini,

e lavorando d'unghielli e di becchi,

ricopriron quei freddi corpicini

di foglie gialle e di steccucci secchi.

Vi è in Russia una leggenda popolare, la quale insegna il modo di procurarsi, per mezzo della magia, un rublo fatato; e questo rublo, quando si spende, ha la virtú di ritornare da sé, intatto, nella tasca di chi lo ha speso. Per giungere a possedere questa magica moneta occorre sottoporsi a una quantità di prove paurose che io non ricordo bene quali e quante siano. Ne ricordo una sola: quella del gatto.

Per questa prova occorre prendere un gatto nero e far di tutto per venderlo nella notte di Natale, tenendo bene a mente che questa vendita deve aver luogo sul crocicchio di tre strade, una delle quali è assolutamente necessario che conduca ad un cimitero. Alla mezzanotte in punto apparirà un individuo il quale entrerà subito in trattative con voi per la compra del gatto. Costui offrirà per la povera bestiola molti denari; ma il venditore è in obbligo di accettare un solo rublo, né piú né meno; se no, tutto è inutile. Quando il venditore avrà riscosso la moneta, è indispensabile che se la metta subito in tasca stringendola con la mano, e che si allontani piú presto che può, senza voltarsi indietro. Il rublo riscosso sarà quello fatato, sarà cioè quel rublo meraviglioso che ha la virtú di tornare nella tasca del suo padrone subito appena egli lo abbia speso. È inutile dire che quest'affare del rublo e del gatto dev'essere una fiaba bella e buona; ma è certo che molte persone del volgo vi prestano fede a occhi chiusi, come ve la prestavo io quando ero bambino.

E appunto quando ero bambino, una sera di Natale (avrò avuto allora circa sette anni) la mia bambinaia, mettendomi a letto, mi parlò di tante belle cose che avrei potuto fare con quel rublo miracoloso e, prima di lasciarmi, si chinò sul mio capezzale e dolcemente mi sussurrò in un orecchio che questa volta le cose non sarebbero andate come il solito perché la mia nonna era in possesso del rublo fatato, e che si era decisa di regalarmelo. Meravigliato da questa bella notizia, chiesi impaziente alla bambinaia un monte di spiegazioni; ma essa, dandomi un bacio sulla fronte, mi rispose: — Ti spiegherà tutto la nonna; ora dormi tranquillo, e quando ti sveglierai essa ti porterà il rublo agognato e ti dirà come dovrai contenerti quando quella moneta sarà tua.

Allettato da questa cara promessa, mi addormentai piú presto che mi fu possibile, col cuore gonfio di gioia, pensando che il giorno di poi sarei diventato finalmente padrone del magico rublo.

La bambinaia non mi aveva ingannato; la notte mi passò di volo, tanto che restai sorpreso di vedere il giorno chiaro quando mi destai e di sentirmi gli occhi fradici di lacrime. La nonna era già accanto al mio letto, con la sua cuffietta bianca ornata di nastri, e mi guardava sorridendo, tenendo fra le dita della sua mano sottile una moneta d'argento, nuova e luccicante. — Tu hai pianto! — mi disse. — Perché?

Il perché non volli dirglielo, ed essa soggiunse: — Ecco; per consolarti, io t'ho portato, e te lo regalo, il rublo fatato. Prendilo, alzati e fa' la tua preghiera. Piú tardi, noi vecchi, andremo da padre Basilio a prendere il tè, e tu solo... ma intendi bene, perfettamente solo, potrai andare alla fiera di Kron a comprarti tutto quello che ti farà piacere. Là, dopo aver contrattato un oggetto qualunque, metterai la mano in tasca, caverai fuori il rublo e pagherai; ma potrai contrattar subito nuovi oggetti perché il rublo, appena toccate le mani del venditore, sarà di nuovo tornato nella tua tasca.

Io soggiunsi: — Lo so, nonna, lo so! — e strinsi la moneta meravigliosa nella palma della mano, con tutta la mia forza.

La nonna seguitò: — Il rublo ritorna, sí, è vero; e questa è la buona qualità che la natura gli ha dato, e, per di piú, non si può smarrire; ma ha però un'altra proprietà che non è punto vantaggiosa: il famoso rublo non ritornerà nella tua tasca, se tu comprerai un oggetto che non sia utile e buono per te e per gli altri, perché se tu spenderai anche un soldo solo malamente, il rublo sparirà subito e sarà impossibile che tu lo ritrovi.

— Cara nonna, — dissi, — le sono riconoscentissimo per tutto ciò che mi ha detto, ma nonostante che io sia sempre piccino, non mi creda tanto semplice da non saper distinguere le cose utili e buone da quelle inutili e cattive.

— Va bene! Sono contenta delle tue buone intenzioni, ma soltanto mi sembra che tu sia un po' troppo sicuro di te stesso. Stai in guardia, ragazzo mio, e persuaditi che l'impresa alla quale ti accingi non è tanto facile quanto te la figuri.

— In tal caso, non potrebbe lei accompagnarmi alla fiera?

La nonna acconsentí; ma mi prevenne che non avrei potuto avere da lei alcun consiglio, perché il possessore del rublo fatato deve far tutto da sé, ispirato dal proprio cuore e dalla propria intelligenza.

— Mia cara nonnina, lei stia sicura: basterà che io la guardi in viso, perché cosí potrò leggerle negli occhi tutto quello che mi occorrerà sapere da lei.

La nonna, vinta dalle mie calde preghiere, mandò ad avvisare il padre Basilio che da lui sarebbe andata piú tardi; e ci incamminammo verso la fiera.

Laggiú incontrammo una gran quantità di gente tutta rivestita a festa; e fra questa gente, i ragazzi delle famiglie piú ricche, i quali avevano avuto dai loro babbi i soldi occorrenti per le piccole spese, davano una nota gaia, avendo molti di essi già consumato il loro capitale in fischietti di coccio, in trombette e in tamburini, coi quali facevano un terribile frastuono. I bambini poveri che non avevano avuto dai loro genitori altro che pochi spiccioli, stavano in disparte a guardare con invidia, grattandosi il capo e leccandosi le labbra. Io capivo quanto sarebbero stati felici quei poveri piccini se avessero potuto possedere anche uno di quegli ammirabili strumenti musicali per unirsi con tutta la loro anima a quella rumorosa allegria. I fischietti, le trombette, i tamburi non mi sembravano, per dire il vero, oggetti indispensabili, e nemmeno utili; nonostante, il viso della nonna non espresse disapprovazione all'idea che m'era venuta nella mente, anzi il suo sguardo era raggiante di gioia. Questa gioia io la presi, naturalmente, come un segno di approvazione, e, tirato fuori il mio famoso rublo, acquistai una grande quantità di quei rumorosi strumenti, provando la doppia contentezza di veder subito allegri quei poveri piccini e di sentire che proprio, sul serio, nella mia tasca c'era sempre il famoso rublo dopo averne già spesi una diecina.

Fatta la distribuzione dei regali, la nonna, accarezzandomi dolcemente, mi disse: — Vedi, carino mio, tu hai agito benissimo perché anche i bambini poveri hanno diritto di divertirsi; e le persone che, avendone i mezzi, cercano di procurare a questi un poco di piacere, fanno cosa degna di un animo gentile e di un cuore generoso. E per provarti che ho veramente ragione, frugati in tasca e sentirai che il tuo rublo è sempre al posto.

E io pronto risposi: — Lo so, nonna; l'ho già sentito prima che lei me lo dicesse. Il rublo eccolo sempre qui.

Dopo aver comprato qualche dolce per me, mi avvicinai a una bottega di merciaio dove si vendevano stoffe di vario genere, nastri, fazzoletti ed altre cose di comodità e d'eleganza, e ne comprai per tutte le persone di servizio alle quali, essendo molte di esse lí presenti, feci subito la distribuzione, guardando che ogni regalo fosse assegnato secondo l'età e il desiderio di ciascuna. Ed era per me una grande contentezza il sentire che, dopo ogni spesa fatta, quel famoso rublo era sempre lí ad aspettare che io l'adoperassi per altre compre. Piú tardi acquistai per la figlia della fattoressa, la quale quel giorno s'era promessa sposa, un bel vezzo di corallo, un bel libro di salmi per la vecchia Marta portinaia, un orologio per il cuoco, una canna d'India col pomo d'argento per il padre Basilio e, forse eccedendo in spese che mi parvero alquanto di lusso, comprai anche una bella cintura di cuoio al cocchiere e un organino col mantice al nostro giovane giardiniere che è tanto allegro.

Nel fare tutte queste compre mi dette sempre coraggio il viso della nonna, la quale non prese mai atteggiamento di disapprovazione; e piú me ne dette il sentire che in fondo alla tasca c'era sempre intatto il rublo miracoloso.

La mia condotta a questa fiera attirò su di me l'attenzione della moltitudine: tutti mi guardavano, tutti mi seguivano e da ogni parte si sentiva esclamare: — Ma guardate come è bravo e come è buono il nostro signorino Demetrio! — E qualcuno aggiungeva: — È vero che la sua famiglia è ricca; ma se egli ha il modo di fare tanta spesa, non v'è dubbio che deve essergli riuscito d'avere a sua disposizione il famoso rublo fatato!

Per dire il vero, gli elogi di tutta quella gente che mi seguiva guardandomi con affetto e con ammirazione, mi arrivavano dolcemente al cuore; ma nel fondo dell'anima io mi sentivo triste e agitato.

In questo mentre (e non so da qual parte venisse) si avvicinò a me un mercante, il piú giovane e il piú simpatico di quanti si trovavano a quella fiera, il quale facendomi una profonda riverenza, mi disse: — Io sono, è vero, qui a questa fiera, il piú giovane e il piú simpatico di tutti i mercanti, ma sono anche quello che ha piú esperienza di tutti; e lei non riuscirà ad ingannarmi. So anche che ella può comprare tutto ciò che vi è su questo mercato perché possiede il celebre rublo fatato; ma vi è qualche cosa che anche col suo miracolosissimo rublo ella non potrà acquistare.

— Sí, lo so, lo so anch'io, — risposi, — sono le cose inutili le quali io, certamente, non comprerò mai.

— Ebbene, lo vedremo. Intanto faccia ben attenzione a quanti, dopo i benefizi da lei fatti, le stanno d'intorno.

Mi voltai di scatto a guardare, e fui dolorosamente sorpreso nel vedere che ero rimasto solo col mercante.

La folla che prima mi attorniava si era riversata da un'altra parte della fiera e attorniava invece un certo uomo, lungo come una pertica e magro come una cavalletta, il quale, sopra la pelliccia, indossava una leggera sottoveste di tela, tutta sparsa di larghi bottoni di vetro che ad ogni movimento della sua persona gettavano lampi di luce vivissima.

— Io non trovo in quell'uomo nulla che meriti tanto entusiasmo, — dissi al mio compagno.

— Sarà. Ma lei osservi come quest'uomo, invece, piace a tutti. Guardi quanta folla gli corre dietro! E fra quella folla non riconosce nessuno?... Osservi... Li vede? Quei bambini che fanno tanto schiamazzo davanti a lui, sono quei medesimi ai quali ella ha regalato poco fa fischi, tamburi e trombette; quella bella ragazza che si pavoneggia sotto quel ricco vezzo di corallo, è la figliola della fattoressa; la vecchia che si arranca dietro agli altri, tenendo in mano quel libro nuovo dei salmi, è Marta la portinaia; quel prete che si appoggia ad una magnifica canna d'India col pomo d'argento, è padre Basilio; quello che porta alla vita una superba cintola di cuoio e quell'altro che tiene sotto il braccio un delizioso organino col mantice, sono il suo cocchiere e il giovane allegro che guarda i suoi giardini.

Quella vista risvegliò in me un sentimento di dispetto; mi sembrò che tutto quell'entusiasmo sonasse offesa per me e, nello stesso tempo, sentii pungermi acutamente dalla smania di stornare da quel ciarlatano tanta ammirazione e di richiamarla intera, come sentivo di meritarmela, verso di me. E frettolosamente corsi incontro a quell'uomo, e, stringendo nella mano il mio rublo, gli domandai:

— Vuoi vendermi la sua sottoveste?

L'uomo dai bottoni di vetro voltò la sua persona dalla parte del sole, i bottoni mandarono lampi da accecare, e risolutamente e con voce sonora mi rispose: — Sí, signore. Io gliela venderò con piacere: ma l'avverto che essa costa molto cara.

— E che me ne importa? Mi dica il prezzo che ne vuole e il nostro affare sarà subito concluso.

— Lei, caro signor bimbissimo, è senza esperienza; ed è naturale alla sua età! — E sorridendo furbescamente, soggiunse: — Ella non capisce di che si tratta. La mia sottoveste non ha alcun valore e, per quello che essa merita, gliela potrei dare anche gratis; ma i bottoni, sebbene di vetro, costano cari... molto cari. Quelli io non potrei darglieli per meno di dieci rubli l'uno. Essi, è vero, non tengono caldo e sono continuamente esposti al pericolo, per la loro fragilità, d'andare in bricioli; ma hanno, in compenso, la grande virtú, coi lampi di luce che mandano, di abbagliare la folla e di tirarsela dietro nel modo come lei vede accadere, qui intorno a me.

— Non c'è nessuna difficoltà, — gli dissi. — Sono pronto a darle, per ogni bottone, i dieci rubli che chiede. Si levi da dosso la sottoveste e me la dia.

— Gliela darò; ma prima deve pagarmi.

— Sta bene.

Mi frugai in tasca, tirai fuori il primo rublo e glielo detti: mi frugai di nuovo... la tasca era vuota!... Cercai, raspai, sperando che per qualche sdrucio delle costure mi fosse andato fra la stoffa e la fodera del vestito... Nulla! Il mio rublo era scomparso!

Tutti mi guardavano ridendo; e io, dopo aver tentato inutilmente di trattenere le lacrime, detti in un pianto dirotto, di stizza e di vergogna... In quel momento mi svegliai.

Era spuntato il giorno, e accanto al mio letto vidi la nonna con la sua cuffietta bianca ornata di nastri, la quale, guardandomi sorridente, teneva fra le dita della sua mano sottile un rublo nuovo d'argento che essa, ogni anno, era solita portarmi in regalo la mattina del Natale.

Alla vista di quella vecchina a me tanto cara, capii che tutto ciò che avevo veduto non era altro che un sogno; e mi affrettai a raccontarle per quale causa, dormendo, avessi pianto. Quando le ebbi raccontato tutto, la nonna, cosí buona, mi disse: — Il tuo sogno è bello, adorabile bambino mio, e potrà esserti anche utile, se mi riuscirà fartene capire il significato. Secondo me, il rublo fatato rappresenta il dono dell'intelletto che la Provvidenza da all'uomo fino dalla nascita; e quel ritornare del rublo tutte le volte che lo avevi speso utilmente significa che la ricchezza dell'intelligenza e del cuore non diminuisce mai, anche se cuore e intelligenza spendono da prodighi tutto il bene che posseggono. L'uomo con la sottoveste sopra la pelliccia e coi bottoni di vetro lucente, rappresenta la stolta Vanità, la quale non è buona altro che ad offuscare la mente; e anche tu, senza accorgertene, ne sei rimasto offuscato, poiché, non contento del molto che avresti potuto fare in seguito col tuo rublo fatato, sei corso dietro al ciarlatano per voler comprare una sottoveste buona a nulla e dei bottoni di vetro, buoni soltanto per abbagliare gli sciocchi. E la punizione t'è venuta meritata e sollecita quando, frugandoti nella tasca, hai sentito che il famoso rublo non c'era piú. Cosí doveva succedere; e sono contenta che dal tuo sogno tu abbia avuto una lezione la quale, spero, non ti uscirà né facilmente né presto dalla memoria. Ora vèstiti, bambino mio, fa' la tua preghiera e disponi tutte le tue cosine per venire con me alla fiera dove potrai fare in realtà molti acquisti di quelli che avevi fatti in sogno. Vuoi venire?

— Si figuri, nonnina mia! E stia certa che, di tutte le cose che ho comprato sognando, una sola cosa non comprerò ora che sono desto, — io dissi.

— Lo so che cosa non comprerai. Non comprerai la sottoveste coi bottoni di vetro.

—   No, non l'ha indovinato! Non comprerò i dolci per me!

—   La nonna rimase un istante pensosa ed osservò:

— Non vedo la ragione perché tu ti debba privare di questo piccolo piacere; ma se tu vorrai importi qualche lieve privazione per goderti piú perfetta la contentezza di far del bene agli altri che se lo meritano, allora... allora, nipotino mio, ti capisco.

Dopo queste parole, la nonna mi fissò con uno sguardo traboccante di tenerezza, e ci buttammo l'uno nelle braccia dell'altra, piangendo di riconoscenza e d'amore.

GIAN CARLO

I.

Gian Carlo era un onesto cittadino
negoziante di stoffe e liberale;
membro del Trinkensvaine di Dublino
e maggior della Guardia Nazionale.

Cosí la moglie un giorno a lui parlò:
«Domani son dieci anni che il buon Dio,
su dal Cielo, di noi si ricordò,
unendo in Terra il tuo destino al mio.

E non mai, fino a qui, mio buon Gian Carlo,
di quel bel giorno ci siam ricordati:
se vuoi, doman potremmo festeggiarlo
con una corsa e un pranzo in mezzo ai prati.

Io proporrei cosí: la mia sorella
col suo bambino, io, Margherita e Lallo
si monterebbe in una carrettella;
tu potresti venir dietro, a cavallo».

Le rispose Gian Carlo: «Amica mia,
non mai dissenso fra di noi ci fu;
buona è l'idea, buona è la compagnia,
e si farà com'hai proposto tu.

Son negoziante di tessuti, e godo
fama d'onesto in tutta la città;
il mio socio ha un cavallo, è un uomo a modo:

se glielo chiedo, me lo presterà».

E la sposina: «Grazie, o buon Gian Carlo.

Anzi, per risparmiare anche sul vino,

io prenderei del nostro; e, per portarlo,

si lega dietro al legno, in un cestino».

Pieno di giusto orgoglio e di contento,

lodò Gian Carlo la sua brava sposa

che, anche pensando ad un divertimento,

si mostrava sí saggia e risparmiosa.

Il giorno dopo, a bubboli sonanti,

arrivò la carrozza, e fu ordinato

che andasse ad aspettarli un po' piú avanti,

per non dare nell'occhio al vicinato.

Cosí fu fatto; e appena accomodata

dentro, la gongolante comitiva,

«Via!» Strideva schizzando l'imbrecciata,

e i bambini gridavan: «Viva, viva!»

Gian Carlo, ch'era pronto a dar di sprone,

volse gli occhi al negozio, e vide fuori

una carrozza ferma e tre persone

che avean l'aspetto d'esser tre avventori.

Il perder tempo gli doleva, ma

il perder soldi gli dolea di piú.

«Scendo? Parto? — pensava. — Che si fa?»

L'interesse la vinse, e scese giú.

A monti a monti i rotoli calavano...
ma... giurammio, che razza di clienti!
Prendevano, tastavano, posavano...
non c'era verso di farli contenti.

E Bettina gridava dalle scale:
«Signor padrone, hanno scordato il vino!»
E Gian Carlo: «Fa' presto, è poco male.
Anch'io m'ero scordato del frustino.

Porta giú tutto, subito, Bettina;
e quel vino maneggialo con cura.
Portami insieme anche una cordellina
per legar le bottiglie, alla cintura».

Quando tutto fu pronto alla partenza
tornò in sella Gian Carlo, agile e snello;
quindi, a scanso di reumi e d'influenza,
s'avviluppò nel suo largo mantello,

e si mise in cammino. Era prudente
il buon Gian Carlo, e, per la via scabrosa,
serrava il freno; ma il puledro ardente
scuotea spavaldo la bocca spumosa.

Cosí gli accadde che frenando troppo,
senza averci né garbo né maniera,
prima, il cavallo gli levò il galoppo,
poi disperato si buttò in carriera.

Misericordia! Il vino salta e dondola,

l'ampio mantello sibilando sventola,

vola il cappello, lo spadino ciondola,

frullan le staffe, la gualdrappa sbrendola...

Avvinto al collo del puledro e macolo,

con la voce Gian Carlo l'accarezza;

ma pensa che oramai, fuor d'un miracolo,

per lui non v'è speranza di salvezza.

E il puledro, sentendosi abbracciato

con tanto amore e sí tenacemente

che mai piú strinto non s'era trovato,

piú e piú correa, vertiginosamente.

E intanto ecco che via vola il mantello

a rincorrer per aria la parrucca

che, alla sua volta, rincorre il cappello,

lasciando nuda la pelata zucca.

Al trapassar di simile tempesta,

s'alzan grida, i balconi si spalancano,

chi dice: «Bravo!», chi stordito resta;

altri a scansarsi per la via s'arrancano.

E, dietro a lui: branchi di cani ansanti

e urlanti, a lingua fuori, inveleniti;

paperi in fuga, bambini strillanti,

mamme svenute e babbi inorriditi.

Alla barriera, udendo quel fracasso,

corrono i gabellotti ai chiavistelli

e, pensando a lasciar libero il passo,
prontamente spalancano i cancelli.

«Chi sia? che mai sarà? — dicea la gente,
appena in quiete si fu un po' rimessa. —
Qui non se n'esce; o quell'uomo è un demente,
oppur c'è sotto una forte scommessa!»

Gian Carlo corre. Le bottiglie intanto,
come campane sbatacchiate a doppio,
oscillano... Gran Dio! s'ode uno schianto
sulle sue spalle curve, indi uno scoppio.

E, dai due recipienti urtati e rotti,
schizza il vino inondandogli la schiena;
e di lí, traboccando a larghi fiotti,
bagna il cavallo e piove sulla rena.

Cosí, sempre in procinto d'un macello,
sempre vedendo innanzi a sé la morte,
giunse dentro le case d'un paesello
dove ansiosi attendeanlo: la consorte,

i figli, il nipotino e la cognata,
che, dal balcone d'una trattoria,
gridavan tutti, a gargàna spiegata:
«Babbo! Fratello! Zio! Anima mia,

il pranzo è pronto!... Guarda, siam quassú.
Ferma, babbino! Ferma, ferma, zio!
Abbiamo fame, non se ne può piú!...»

Lui, travolto, passando: «Anch'io, anch'io!»

Ora è bene saper che assai lontano,

quattro miglia piú là di quel borghetto,

avea, nel mezzo a un florido altipiano,

il padron del cavallo un poderetto.

E a quel podere il testardo animale

s'è piccato d'andare; ed ogni prova

perché svolti o si fermi, a nulla vale;

stringerlo ai fianchi e urlare a nulla giova.

Mentre il cavallo fumante e sudato

passa, trabalza e va come saetta,

mi fermo un po' perché sono arrivato

alla metà della mia canzonetta.

II.

Gian Carlo, ora furente, ora allibito,

contro sua voglia sballottato andò

fin là dove il caval, con un nitrito,

ansimando e fiutando, si fermò.

L'amico, ch'era lí, corse al cancello

domandando: «Gian Carlo, che è seguito?!

O la parrucca? o il pastrano? o il cappello?

o quelle chiose rosse sul vestito?!

Ma... dimmi un po', Gian Carlo... o la signora?

Spiegati, via, mio Gian Carluccio amato;

perché ti vedo qui, mentre a quest'ora...?

Parla, Gian Carlo, parla: cos'è stato?»

Fermo il cavallo e salva la sua pelle,

tornò Gian Carlo allegro e sorridente,

e all'amico ansioso di novelle:

«Niente, — rispose, — niente, proprio niente.

La cosa sta cosí: secondo me,

sapendo, il tuo cavallo, che eri qua...

Fermati, aspetta, senti dico a te!...»

L'amico non risponde e se ne va.

E se ne va perché, al veder Gian Carlo

fermo, sudato e mezzo nudo al vento,

dice: «È meglio pensare a ripararlo»,

e va in casa e ritorna nel momento;

e porta un bel cappello e una parrucca

che presenta sollecito al compare.

Gian Carlo se li pianta sulla zucca,

e: «Mi son larghi, ma possono stare!

Grazie». L'amico nel veder Gian Carlo

tutto pien di sudore e polveroso,

si mise a ripulirlo e a spazzolarlo;

poi disse cordialmente premuroso:

«Amico, tu devi avere appetito;

far complimenti, qui, non mette conto.

Or che sei raffrescato e ripulito,

scendi e vieni a mangiare; il pranzo è pronto».

«Grazie, non posso. E sai? mi tirerebbe

quest'odor di polenta co' i osei!

Ma la consorte, amico, che direbbe

se oggi non fossi a desinar con lei? »

E voltava il cavallo, pian pianino,

quando un imprudentissimo ciuchetto

ch'era sciolto in pastura lí vicino,

mise fuori un tal raglio maledetto,

che il cavallo, a quell'urlo sgangherato,

prende ombra, soffia, arruffa la criniera,

e, sulla via già fatta, spaventato,

torna, peggio di dianzi, alla carriera.

Quando la sposa sua, ch'era in vedetta,

da lontano lo scòrse riapparire

e passare e andar via come saetta,

perse la testa e non sapea che dire.

E voltasi angosciata a un giovinetto

che la guarda e, anche lui, pensa e sospira:

«Corrigli dietro, va', corri, t'aspetto...

Se lo riporti qui, ti do una lira».

Il giovinetto va, quasi volando

e, dopo un miglio, riscontra Gian Carlo

che ritornava indietro turbinando;

e, temerario, si prova a fermarlo.

Ma inutilmente apre le braccia e grida;

inutilmente al furioso destriero

tenta afferrare una volante guida...
 Balza, il cavallo, e va come il pensiero.

E dietro a lui, giú per l'aperto piano,
si foga anche il caval d'un postiglione;
e, in pochi istanti, lontano lontano,
spariscono in un denso polverone.

Sei signori che insieme erano a spasso
contemplando la florida campagna,
nel veder, con tant'impeto e fracasso,
un uom correr d'un altro alle calcagna:

«Corri! Agguantalo! Al ladro! All'assassino!»,
dietro a Gian Carlo gridavano in coro;
e altra gente, via via, lungo il cammino,
sentendo urlare, urlava piú di loro.

Cosí andò, ritornò, di nuovo andò;
poi tornò nuovamente alla barriera.
E ripassò e passò, poi ripassò,
senza rallentar mai, sempre in carriera.

Tanto che tutti ormai, lungo la via,
certi d'una scommessa di valore,
avean preso Gian Carlo in simpatia
e, al passar, l'acclamavan vincitore.

Ah, nessuno sapea che là, lontano,
torno torno a una mensa rassegnata,
stavan piangendo ed aspettando invano:
tre bambini, una moglie e una cognata!